我的紫色芳香小说

My Purple Scented Novel

〔英〕伊恩·麦克尤恩 著　黄昱宁 译

上海译文出版社

导　读

跷跷板的致命倾斜[1]

以七十岁生日的名义，人们惯常的做法是吃蛋糕开派对或者环游世界，但英国小说家伊恩·麦克尤恩的庆贺是麦克尤恩式的。他出版了一部小说，小说的标题里也有“小说”，还是“紫色的、芳香四溢的”小说。

《我的紫色芳香小说》（*My Purple Scented Novel*）篇幅很短，最早发表在二〇一六年三月份的一期《纽约客》杂志上。小说的缘起其实不太“文学”，而是与一个跨界的命题作文有关：二〇一六年，为了筹备一个在米兰举行的艺术展，德国策展人托马斯·德曼（他更为知名的身份是摄影家）邀请麦克尤恩写一个能纳入展会目录册的故事，故事必须围绕一个吊诡的主题：The Stolen Image。

① “导读”涉及小说部分情节，严重介意剧透者，请在读完小说后再回来。

好作家，尤其是像麦克尤恩这样以技术见长的作家，从来不惧怕命题作文。陌生而逼仄的规定情境，常常成为刺激作者炫技的舞台。Image这个词义项驳杂，在艺术展览的语境中最容易想到的解释是“影像”。到了麦克尤恩笔下，这个词就延展出更多的诠释空间。读完整部小说以后，我觉得，也许取Image的另一个义项，把主题翻译成“被偷走的偶像”是最恰当的。

这部小说的主人公也是小说家。小说的第一段是一条闭合的情节线，乍看之下，似乎把这个本来就不长的故事进一步浓缩梗概了：

“你应该听说过我的朋友，曾经名噪一时的小说家乔斯林·塔拜特，不过我估计他的记忆已经日渐衰退。时间对于名声，有时显得冷酷无情。你想起他来，也许会依稀记得一桩丑闻，以及颜面扫地的窘境。你以前从没听说过我，当年我只是默默无闻的小说家帕克·斯帕罗，直到我的名字与他的名字公开地联系在一起。在某些深谙内情之人看来，我们俩的名字其实一直牢牢地粘在一起，就像跷跷板的两端。他升上去的时候，恰巧我降下来——尽管这事儿并不是他造成的。接着，他颓然堕落，而我在世俗意义上大获成功。我不否认，这里头有恶行。我偷了一段人生，也不打算物归原主。这几页纸，你大可看成是一份供词。”

无情的、近乎自嘲的剧透。时间地点人物事情，起承转合，看起来全交代清楚了，但同时又发展出一个更大的悬念——我们知道事情发生了，但它到底是如何发生的？这是典型的戏剧性悬念，每一个读者都被直接带入戏剧情境，如同刚刚看完一场手法飞快的魔术表演——在你目瞪口呆的时候，作者微笑着问你，怎么样，要不要再看一遍？接下来，我们来个慢动作。

类似的开头，在麦克尤恩近年的写作中，至少出现过两回。

《在切瑟尔海滩上》，他直接把整个故事的核心推到读者眼前："他们年纪轻，有教养，在这个属于他们的新婚之夜，都是处子之身，而且，他们生活在一个根本不可能对性事困扰说长道短的年代。话说回来，这个坎儿向来都不好过。"

《甜牙》更彻底，它的结尾就是它的开头："我叫塞丽娜·弗鲁姆（跟"羽毛"那个词儿押韵），约莫四十年前，我受英国军情五处派遣，履行一项秘密使命。我没能安然归来。干了十八个月之后，我被他们解雇，非但身败名裂，还毁了我的情人，尽管，毫无疑问，他对于自己的一败涂地也难辞其咎。"读完全书，你会发现这些交代千真万确，但它其实只是事情的一面——你必须原原本本地把整套戏法的"慢动作"全部放完，才能翻过来，看到事情的另一面。

凭借着麦克尤恩强人娴熟的技术能力，《我的紫色芳香小说》也必然会以一种简洁实用而又出乎意料的方式，解决这个"事情何以发生"的问题——围拢在魔术师身边的观众，照例会得到戏剧性的满足。在此，我们无须先行拆穿戏法机杼，只需要注意一点：这篇小说借用的机关，是虚构艺术中一个常见的故事型——“交换人生”。小说开头的位于“跷跷板两头”的主人公，以及一个被另一个“偷走的人生”，都是这种类型的关键特征。不过，在小说大师的殿堂里，戏法人人会变，各有奥妙不同。在大仲马笔下，交换人生的先决条件是孪生兄弟的相同面貌（《布拉热洛纳子爵》，即我们熟悉的“铁面人”的故事）；在海史密斯的笔下，身份的李代桃僵则需要通过伪造文件、长途旅行等现代手段来实施（《天才雷普利》）；到了麦克尤恩的这部小说里，一个小说家与另一个小说家之间的“跷跷板的致命倾斜”，当然必须通过他们的作品，那本“紫色的、芳香四溢的”小说来实现。

由此，难得地，七十岁的麦克尤恩在这篇小说的写作中进入他最舒适的区域。主人公的年龄、身份、熟悉的人事物，都与他相仿。英国文坛半个世纪的变迁被剪成碎片，均匀地洒在字里行间。这个故事当然关乎道德，窃名逐利者的逍遥法外让人无法不被文学生态圈的荒诞所震撼——但它更关乎时间。在小说里，作者、读者与媒介之间的关系，是黑色的，是讽刺的，但也是怀旧的，伤感的。我们透过一层薄雾往里看，看到文学如何与人生交缠，虚构如何侵入真实，善恶如何被时光消解。因此小说写到最后，出现了这样辛酸而动人的、带着悠远回音的段落：

“有时候，深夜，我和他围炉而坐（那是个很大的壁炉），喝着酒，把这桩古怪的陈年轶事——这场灾难——翻出来，于是，他又跟我讲起了他那套经过多年打磨的理论。我们的人生，他说，总是交织在一起。万事万物，我们都讨论过一千遍。我们读一样的书，经历过、分享过那么多事情，所以，我们的观念、我们的想象以某种奇特的方式熔铸在一起，以至于，最终，或多或少地，我们写了同样的小说。”

正是基于这一点，我们才能理解，麦克尤恩何以选择这个绝妙的文本，既完美地诠释“偷走的影像”的题中之义，又作为他本人七十年文学人生的幽默注解。合上这部短小精悍的小说，我们简直能想象麦克尤恩把“虚构”幻化成人，依稀听见他与之互相击掌、调侃的笑声。他的文学观，对虚构本质的感悟，以及他那些鲜明的技术特点——相对中性的笔调，大信息量，纯熟老练的经验主义态度，关注问题复杂性胜于尖锐性的倾向，甚至在故事结构中善于设计“麦克尤恩式瞬间”的方法——都在小说里清晰可见。以至于，当我翻译完小说的最后两个字“干杯”时，真想隔着欧洲大陆和英吉利海峡，也给七十岁的伊恩·麦克尤恩先生敬上一杯。

生日快乐，麦老师。

黄昱宁

2018年6月21日

目录

我的紫色芳香小说

你应该听说过我的朋友，曾经名噪一时的小说家乔斯林·塔拜特，不过我估计他的记忆已经日渐衰退。时间对于名声，有时显得冷酷无情。你想起他来，也许会依稀记得一桩丑闻，以及颜面扫地的窘境。你以前从没听说过我，当年我只是默默无闻的小说家帕克·斯帕罗，直到我的名字与他的名字公开地联系在一起。在某些深谙内情之人看来，我们俩的名字其实一直牢牢地粘在一起，就像跷跷板的两端。他升上去的时候，恰巧我降下来——尽管这事儿并不是他造成的。接着，他颓然堕落，而我在世俗意义上大获成功。我不否认，这里头有恶行。我偷了一段人生，也不打算物归原主。这几页纸，你大可看成是一份供词。

要把这事说清楚，我得回到四十年前，当年我们俩的人生开开心心、完完全全地交叠在一起，而且似乎摆好架势，准备双双奔向有福同享的未来。我们上同一所大学，念同样的科目——英语文学——第一个短篇都发表在那种名叫《目中尖刀》（可这算什么名字啊？）之类的校刊上。我们野心勃勃。我们想当作家，当著名作家，甚至是伟大的作家。我们一起度假，读对方的短篇小说，作出慷慨的、言无不尽的评论，跟对方的女朋友上床，甚至，有那么几次，还努力培养兴趣，试着发展一段同性恋情。如今我又胖又秃，但当年可是顶着一头鬈发，身材也修长。我长得像雪莱，我喜欢这么想。乔斯林高个子、金头发，肌肉发达，下巴轮廓坚实有力，活脱脱的“超人纳粹”形象[①]。不过，他对政治一点儿兴趣都没有。我们俩的那点风流事，只是摆几个波希米亚式的体位而已。我们以为这么搞搞，会让我们显得更迷人。事实上，一看到对方亮出阴茎，我们就觉得恶心。我们几乎什么

① 原文为Übermensch Nazi。Übermensch出自哲学家尼采的著作《查拉图斯特拉如是说》，通常译为“超人”，是未来人的理想形象，也是人的自我超越。二战期间，尼采的这个理论被纳粹拿来大肆歪曲利用，一度成为法西斯作恶的理论依据。

也没干，可我们很乐意让别人以为我们干了好多。

这些波折对我们在文学上的情谊毫无影响。当时我可没觉得我们俩有什么正儿八经的竞争。不过，回首往事，我得说，起初我可是走在前面的那一个。是我，首先在一本真正的成人文学杂志——《北伦敦评论》上发表了作品。大学行将毕业之际，我拿到一等学位，乔斯林是二等。我们认定，诸如此类的事情无关紧要，后来事实证明也确实无关紧要。我们搬到伦敦，都住在布里克斯顿的小单间里，彼此只隔着几条街。我发表了第二个短篇，所以看到他总算发表了第一个，还松了口气。我们继续定期碰面，喝得烂醉，读对方的作品，混进了同样的气氛愉悦却遭到主流压制的文学圈。甚至，几乎在同时，我们开始给正统的全国性媒体写评论。

大学毕业后那两年，是我们那充满兄弟情谊的青春岁月的巅峰。我们都在迅速成长。我们都在写第一个长篇，有很多共同之处：性，乱，一丁点末世意味，有点暴力，有点时髦的颓废，善于开漂亮的玩笑，把年轻男女之间所有可能搞砸的事情都调戏一通。我们很快乐。什么也挡不了我们的道。

然后，有两件事情冒出来挡了道。乔斯林瞒着我写了一个电视剧本。当时，在我看来，这样的玩意是在我们的水准之下的。我们顶礼膜拜的是文学的殿堂。电视只是娱乐，是庸众的糟粕。那剧本很快就投入制作，由两个明星出演。剧本写得激情洋溢，关乎高尚的事业——帮助流浪者和失业者——可这个话题我从来没听乔斯林提过一句。电视剧大获成功，他被人广为谈论，一夜成名。人们期待他的第一个长篇问世。这些事情原本也无关紧要，可偏偏我在同时遇上了阿拉贝拉——她宛若一朵英伦玫瑰，丰润而爽利，冷静而幽默，直到今天，她也仍然是我的妻子。在此之前，我有过一打情人，但遇上阿拉贝拉之后再没有乱来。我需要的一切，性也好，友谊也好，冒险也好，变化翻新也好，她都能给我。如是激情，本身倒也不至于把我和乔斯林拆散，或者让我就此放下野心。完全不是这么回事。阿拉贝拉本性仁厚，不会争风吃醋，简直能够包容一切，而且，从一开始她就喜欢乔斯林。

事情之所以会发生变化，是因为我们有了一个孩子，一个叫马特的小男孩，在他过一岁生日那天，我和阿拉贝拉结了婚。我在布里克斯顿租的房子再也不够我们仨住了。我们往南搬，深入伦敦西南邮政区，先是到西南12区，再到西南17区。从那里到查令十字街，你得先在郊区走上二十五分钟，再坐二十分钟的轻轨。如果光靠我自由撰稿，生活将难以为继。于是我在本地的一所大学里找了一份兼职。阿拉贝拉又怀孕了——她热爱怀孕。当我第一个长篇出版时，我在大学里的兼职工作渐渐成了全职。小说有人赞赏；也有温和的批评。六周之后，乔斯林的第一部长篇面世——旋即大获成功。虽然销量也并没有甩开我一大截（那年头，销量基本没什么要紧），但他的名字已经自带光环。坊间渴望聆听新声初啼，而乔斯林·塔拜特唱得远比我甜美动人。

他的长相也好，身高也好（说他纳粹不太公平——那就改成布鲁斯·查特温[①]吧，再加上一点米克·贾格尔[②]皱起眉头的冷峻模样），抑或他频繁更换亮眼女友的作派，乃至他开的那辆高价名爵老爷车，都是他走红的原因。我是不是嫉妒了？我觉得不是。我当时爱着三个人——孩子在我眼里是何等圣洁。他们不管说什么、做什么，都让我着迷，而且阿拉贝拉也一如既往地让我神魂颠倒。她很快又怀孕了，于是我们举家北迁，搬到诺丁汉。我既得教书，又得承担家务，所以第二部长篇足足写了五年。这一部有人赞赏，比上一回多了一点儿；有人批评，比上回少了一点儿。除了我之外，没有人记得上一部。

那段时间，乔斯林正在推他的第三部长篇。第一部已经给改编成了电影，由明星朱莉·克里斯蒂[③]主演。他离过一

---

① 全名查尔斯·布鲁斯·查特温（Charles Bruce Chatwin，1940—1989），英国游记作家、小说家，形象帅气，落拓不羁，双性恋，中年即因感染艾滋病毒去世。

② 米克·贾格尔（1943— ），英国摇滚歌星，著名的滚石乐队的主唱。

③ 朱莉·克里斯蒂（Julie Christie，1941— ），英国女演员，1965年奥斯卡最佳女主角，代表作包括《亲爱的》、《柳暗花明》和《日瓦戈医生》。

次婚，住在诺丁山的马厩改建房[①]，常常在电视上接受采访，好多照片登上时尚杂志。说起首相来，他的言辞既风趣，又刻薄。他眼看着就要成为我们这一代的发言人了。不过，令人惊奇的是，我们的友谊并未因此而磕磕绊绊。当然啦，联系变得断断续续是难免的。我们都在各自的领地里忙忙碌碌。为了见一次面，我们只能事先打开书桌上的日历，把时间留好。偶尔，他也会专程跑来看看我们一家。(生到第四个孩子的时候，我们又往北搬了一程，住到了达勒姆。)不过，通常还是我往南跑，探望他和他第二任妻子朱莉亚特。他们住在汉普斯代德一栋维多利亚年代的大宅子里，就在希思公园旁边。

通常，我们就在希思公园里喝酒聊天漫步。如果你能听到，那应该听不出我们之间有什么迹象表明他是明星，而我的文学前景日渐黯淡。他觉得我的意见跟他的观点一样重

---

① 即mews house。位于伦敦市中心，早年曾作为马厩，后来被改建成住房，改建后的房价不菲。

要；他从来不会摆出一副屈尊俯就的样子。连我家孩子们的生日他都记得。我总是给安置在最好的客卧里。朱莉亚特很好客。乔斯林会把周围朋友都请来，他们看起来都是既活泼又友善。他还做得一手好菜。按他常常挂在嘴边的说法，我和他是“一家人”。

话说回来，我们之间也存在谁都没法忽视的差别。我在达勒姆的住处固然可亲，但毕竟被孩子们折腾得乱七八糟，屋子很拥挤，到了冬天寒气逼人。椅子和地毯饱受一条狗和两只猫的摧残。厨房里总是堆满待洗的衣物，因为那里搁着洗衣机。房子里不幸塞满一大堆姜黄色松木家具，我们从来都没腾出空来漆一道或者干脆统统换掉。屋里很少能找到一瓶以上的酒。孩子们很逗，可是他们总是吵吵闹闹，乱作一团。我们家的生活，全靠我那点菲薄的薪水和阿拉贝拉当兼职护士来维持。我们没有存款，几乎与奢侈品绝缘。在我家想找个地方读本书都很难。哪怕只是想找到一本书都不容易。

所以，到乔斯林和朱莉亚特那里住一个周末，那感觉就跟去度假差不多。那巨大的藏书室，摆着当月新出精装书的咖啡桌，大片大片上过光的橡木地板，家里收藏的画，小地毯，一架三角钢琴，谱架上的小提琴曲谱，叠好以后堆在我卧室里的毛巾，无比惬意的淋浴房，弥漫在整栋房子里的那种稳重的静谧，还有那种唯有日间清洁女工才能带来的秩序井然、熠熠生辉的景象。他的宅子里有一座花园，花园里有一棵古老的柳树，一座长着苔藓的、用约克石砌的露台，一片宽阔的草坪，还有高高的围墙。更有甚者，此地处处渗透着某种开放、好奇、宽容的精神，外加一点儿喜剧感。我又怎么舍得住到别处去呢?

我想我得承认，彼时我心里是有一点——仅仅一点阴暗的想法，那是一种模糊的、我无可名状的不安。实话说，这感觉对我也没构成太大的困扰。那时，我已经在十五年里写了四部长篇——考虑到我有繁重的教学任务，养育孩子得亲力亲为，家里的空间又捉襟见肘，我的成就也得算是非同凡响了。这四部都已经绝版，已经没有哪家出版商来找我了。

每逢完稿，我总是会送一本给老朋友，附上一句温暖的献词。他会道谢，却从来不会给一句评语。我确信，自从我们住在布里克斯顿的日子过去之后，我写的东西他就一个字儿也没读过。他也把小说初版送给我——用九部还我的四部。对于起初的两三部，我都给他写长长的回信表达赞赏，后来，我决定，为了让我们的友谊保持平衡，我得以其人之道还治其人之身。对于彼此的作品，我们再也不会说点什么或者写点什么了——这样做似乎恰如其分。

至此，我们跨过中年，年近半百。乔斯林是个国宝，我嘛——好吧，用一败涂地来形容也是言过其实。我所有的孩子都上了大学，或者正在上大学，我的网球仍然打得不错，我的婚姻在有过几道裂缝、几声哀鸣和两次爆炸性危机之后，到底还是捏拢在了一起。另外，传说我年内就能正式评上教授。我也在写第五部长篇——不过这回写得不太顺手。

现在我终于讲到这个故事的核心，也就是跷跷板那个致命的倾斜。那是七月初，像往常一样，在批改完期末论文之后，我从达勒姆直奔汉普斯代德。像往常一样，我处在精疲力竭而又满心欢喜的状态。然而，这次拜访不同寻常。乔斯林和朱莉亚特打算在次日到奥维多[1]度周末，我得一个人待在那里——替他们看看房子喂喂猫，给花园浇水，顺便利用一下空间，图个清净，把我那艰难跋涉了五十八页的小说写下去。

我到达时，乔斯林正外出奔忙，迎候我的是朱莉亚特。她是帝国理工学院的X光晶体学专家，漂亮而时髦，嗓音温婉低沉，态度亲切。我们坐在花园里一边喝茶，一边交流。接着，她稍作停顿，皱起眉头表示有话要说，就好像这一刻她早就计划好了似的。她跟我说起乔斯林，说他最近的创作是如何不顺。他的一部长篇刚刚完成终稿，却深感沮丧。他觉得这应该是一部重要的作品，成品却配不上他的野心。他很伤心。他觉得他改不好；但他也不想把手稿毁掉。于是她

---

① 意大利中部翁布里亚山区的一个小镇，出产著名的奥维多白葡萄酒。

提议，他们俩一起去度个短假，在奥维多一带铺满尘土的白色小道上散散步。他需要歇一歇，离他的作品远一点。我们坐在巨大的柳树荫下，她告诉我，近来乔斯林是如何沮丧。她提出要读一读那小说，却被他断然拒绝——这也说得过去，她毕竟不是个搞文学的。

等她把话说完，我便随口说："我相信，只要他出去散散心，就能把稿子救回来的。"

他们于次日上午动身。我喂了猫，给自己沏了第二杯咖啡，在客卧的书桌上摊开我的稿纸。宽敞的、一尘不染的屋子里寂静无声。而我的思绪总是回到朱莉亚特说的故事里。我那一向志得意满的朋友居然也会有自信危机，这事儿让我很感兴趣，甚至还让我有点高兴。一小时之后，我没有作出任何形式的决定，只是信步向乔斯林的书房走去。上着锁。本着同样百无禁忌的精神，我又信步走进主卧。我记得，住在布里克斯顿的那些日子里，他把大麻藏在哪里。我没花多少时间就找到了钥匙，就搁在他装袜子的抽屉深处。

这话你不会相信，反正我当时并没有什么计划。我只是想看看。

他的书桌上，一台硕大的旧电动打字机在哼哼唧唧——他忘了关。文学界有许多人还在用老办法处理文字，他就属于这种人。打字稿就摊在那里，码得四四方方，六百页——长是长了点，但还没到庞然大物的地步。标题是“骚动”。我往下看，看到一行铅笔字：“第五稿”，后面标着上周的日期。

我在老朋友书房里的椅子上坐下来，开始读。两小时之后，如同梦游般，我稍事休息，走进花园里待了十分钟，然后决定，我应该试着写自己那份可怜巴巴的稿子。我并没有试，反而给鬼使神差地拽回乔斯林的书桌。我踌躇片刻，到底还是坐下来。我读了一整天，只停下来吃了晚餐，如此一直读到深夜，然后早早醒来，在次日午餐吃完之前读完。

无与伦比。他至今最好的作品。比我记忆里读过的任何当代小说都好。如果说它具有托尔斯泰式的野心，那它同时也是现代主义的，技术上秉承普鲁斯特和乔伊斯的路数。

欢乐抑或悲伤的段落此起彼伏。他的文体比以前更优美动人。这小说写得深谙世故；它把伦敦给我们；把二十世纪给我们。他对于五个中心人物的描写，如此真实，如此富有光彩，让我深深折服。我觉得，这样的人我一直都认识。有时候他们似乎离我太近了，太真实了。结局——整整写了五十页——如同一部交响曲，徐徐展开华彩乐章，那么悲伤、节制而坦诚，看得我热泪盈眶。不仅因为人物的困境，而且因为这美妙绝伦的整体架构，因为小说对于爱情、追悔和命运的憬悟，对于人性之虚弱所怀有的温暖的同情。

我从书桌前站起身。心烦意乱地看着一只似乎受过伤的鸫鸟，在草坪里前前后后地跳来跳去，寻找一条虫子。我说这话可不是为了替自己辩护，反正，再讲一遍，我当时并没想到什么阴谋诡计。我只是被一次超凡脱俗的阅读体验照亮了，那种深深的感激，所有热爱文学的人都不会陌生。

我说我没有什么计划，但我知道下一步该怎么做。我只不过把别人想想而已的事情做了出来。我的一举一动宛若僵尸，我在我自己和我的行为之间埋下鸿沟。我还告诉自己，我只是在备不时之需，我正在做的事情多半不会有任何结果。这一套想法不过是个缓冲垫，一种基本保护措施。如今再度回首，我也无从知晓我有没有受到什么启发，是李·以色列的伪造事件[①]，还是博尔赫斯塑造的皮埃尔·梅纳尔[②]，或是卡尔维诺的《如果在冬夜,一个旅人》[③]。要不就是我在一年前读过的那篇小说,马丁·艾米斯的《信息》[④]。根据可

① 李·以色列（Lee Israel，1939—2014）是个不成功的美国女作家。1992年，她从档案馆和图书馆偷窃已故知名作家的信件和签名超过四百余件，并投入大规模伪造，原件和伪件均被她用于销售。1993年，她被联邦调查局调查，她随即毁掉所有证据，因此只受到一些象征性的惩罚。多年以后，她骄傲地在自传中对当年的作为全盘承认。

② 豪尔赫·路易斯·博尔赫斯（Jorge Luis Borges，1899—1986），阿根廷当代作家，西班牙语文学大师。这里提到的皮埃尔·梅纳尔出自他的早期短篇小说《〈吉诃德〉的作者皮埃尔·梅纳尔》，是一个宣称重写了《堂吉诃德》但实际上文本却与《堂吉诃德》完全一致的作家。这篇小说的主旨有多种解释的途径，常用来探讨写作的本质。

③ 伊塔洛·卡尔维诺（Italo Calvino，1923—1985），意大利当代作家。他的代表作《如果在冬夜，一个旅人》里有一个名叫马拉纳的译者，因为前女友爱读小说，他就觉得所有小说的作者都是他的情敌。他认为文学作品是一系列伪造、模仿和拼凑的结果，为了击败“情敌”，便开始模仿、拼凑和伪造各国的小说，期望通过这些手段使小说作者的形象变得模糊不清。

④ 马丁·艾米斯（Martin Louis Amis，1949— ），英国当代小说家，作家金斯利·艾米斯之子，麦克尤恩的好朋友。他的长篇小说《信息》出版于1995年，描写两个曾经是好朋友的作家，一个一帆风顺，一个黯淡无光，后者出于妒忌，设计谋害前者，直到暴力介入，事情发展到不可收拾的地步。

靠消息，这个故事的源头，是艾米斯本人在某天晚上跟另一位小说家一起喝酒，那人（我忘记他是谁了）有个苏格兰名字，行事作风却是英格兰式的。我听说，当时这两位朋友纯属消遣，设想一位作家如何毁掉另一位，把所有的办法都想了个遍。但这回情况有所不同。鉴于后来发生的事情，这话听起来不太可能，但是，当天上午，我真的没想过这事儿会给乔斯林造成任何伤害。我只想着我自己。我有野心。

我把稿子带进厨房，套进一只塑料袋。我打了一辆车，横穿伦敦，来到一条无名小街，我知道那里有一家复印店。然后我回来，把原稿放回乔斯林的书桌，锁上书房，抹去钥匙上的指印，再放回装袜子的抽屉。

我回到客卧，从公文包里的一堆空白笔记本——每年圣诞就有人送我这个——里拿出一本，开始工作，认真工作。我开始替我刚刚读完的小说做扩充笔记。第一条我标注的是两年前的某个日期。我故意有几次偏离主题，在无关的想法上发挥几段，但末了总是会回到故事的主线上。我飞快地写了三天，记满两个笔记本，勾勒故事的种种场景。我给人物找到新名字，换掉他们的过往事迹、生活环境和面部特征。我设法从我以前的小说里找出几个无足轻重的主题，发挥一通。我甚至引用我自己写过的句子。我以为可以用纽约来替换伦敦。然后，我意识到，不管写什么城市，我都没法像乔斯林那样写得栩栩如生，所以只好回过头来写伦敦。我写得很努力，渐渐地，我觉得自己真的在创作。归根结底，这是他的小说，也将会是我的。

在余下的日子里，我把我写的头三章打出来。眼看着他们再过几小时就要到家时，我给乔斯林和朱莉亚特留了张纸条，说我得回到北边去参加一场主考人会议。你可能会想，我真没种，我偷了人家的东西，所以不敢面对他。事实并非如此。我想赶快走，继续写。我已经写了两万字，我急着赶活。

在家里，我满怀真诚地告诉阿拉贝拉，这礼拜过得相当成功。我取得了重要突破。我想用整个暑假来完善它。七月剩下的日子，我笔耕不辍。八月中旬，我打印了第一稿，然后在花园里生起一堆火，将那份复印件付之一炬。我在我的稿子上改了一大通，打印稿上满是我做的标记，九月初，新一稿准备就绪。面对现实吧，这小说仍然是乔斯林的。有几段他写得才华横溢，我基本上一字未改。但我自己写的部分也不少，足够让我据为己有的时候倍感自豪了。我把我的尊严化为尘土，撒在字里行间。我甚至提到了我的第一部长篇，安排小说里的一个人物在海滩上读了这本书。

我的出版商，曾在某次野蛮“清洗”所谓“中流作家”的行动中，怀着“深深的遗憾”，将我赶走。所以当时我是无约一身轻。我没有在因特网上物色自费出版的途径，宁愿找到一家名叫“美书”的老式自费出版社。整个过程快得让人沮丧。一周之后，我就拿到了《她拒绝起舞》的初版。紫色封面，铜版花卉图案上凸字烫金，书页上洒着淡淡的香水。我签了一本，挂号寄给我亲爱的朋友。我知道他根本就不会读。

到九月末我重新开始教书之前，这一切已经大功告成。秋天，闲暇时我把书分发给朋友、书店、报纸，每回总是记得附一张满怀希望的小纸条。我给义卖商店送书，指望多少能卖掉一点。我还悄悄在二手书店的架子上塞几本。从乔斯林的邮件里，我得知他已经搁置了《骚动》，正在写一本新作。我知道，现在别无他法，只能等——抱着希望。

两年过去了。我还是照常去汉普斯代德拜访，我们像往常一样，避免谈及我们各自的作品。在那段时间，除了我的妻子，我没有听到有任何人谈起《她拒绝起舞》。阿拉贝拉深为着迷，看到这本书被忽视，不禁义愤填膺，进而火冒三丈。她跟我说，我那位著名的朋友应该帮个忙才对。我平静地告诉她，如果开口求他，会伤我的自尊。去伦敦办事时，我往二手书店里又送了一批《起舞》。截至圣诞节，将近四百本分发完毕。

《她拒绝起舞》面世三年后，《骚动》出版。不出我所料，朋友们纷纷告诉乔斯林，他写出了平生最佳作品，非出版不可。书一出版，不出我所料，媒体排成一队小鸟，喜不自胜地齐声唱起甜美的颂歌。我按兵不动，指望我埋下的伏笔说不定能自行蓄势而发。可是，既然没人读过我那本散发着香味的书，那就什么事也出不了。我只能再推一把。我把我的创作塞进一只普普通通的信封，寄给《伦敦旗帜晚报》的一位生性刻薄、爱好八卦的评论家。我附的纸条上没有署名，用十六磅的情报字体打成："这有没有让你想到上月轰动坊间的小说?"

剩下的事情，大部分你都知道了。真是个完美的故事[①]。狂风暴雨向我和乔斯林的住处涌来。各色猛料，一应俱全。可悲的恶棍，静默的英雄。国宝飞下神坛，骗子窝边食草，老友惨遭背叛，不仅整段整段地抄，而且无论是整体架构还是人物塑造，全都一锅端走。这个罪人根本就没有说得过去

---

① 原文是：It was the perfect story。Story既可指"新闻报道"，表明这件事成了大新闻，也可以解释为"故事"。相比之下，译成"故事"的包容性更大一些。"我"写不出理想中的小说，但"我"设的这个局倒是完美的，这个事件本身成了一部绝妙的小说。

的理由，他的那些朋友如今方才明白，他为什么迟迟不愿出版。几万册《骚动》下架，化成纸浆。再来看看他那位老朋友，高尚地拒绝落井下石，不肯接受采访——当然啦，与此同时，天才重见天日，多年来最佳作品横空出世，堪称当代经典，这个温文尔雅的男人倍受学生和同事的爱戴，却被出版商弃之不顾，名下作品均已绝版。接着便是一场仓促混乱的版权大战，所有的版权，包括这本《起舞》，都进入再版书目。版权代理人，版权竞拍，电影改编权，电影人，凡此种种，纷纷卷入其中。随之而来的是各色文学奖——布克奖，惠特布莱德奖，美第奇文学奖，书评人协会奖[①]，如同一席冗长而吵闹的盛宴。在“高级图书交易”网[②]上，“美书”版给炒到了五千镑。接着，事情算是尘埃落定了，我的书仍然在热销，而那些有深度的文章开始出炉，有的探讨文学

① 布克奖和惠特布莱德奖是英国的，美第奇奖是法国的，书评人协会奖是美国的。

② 即Abebooks，Abe是Advanced Book Exchange的缩写。此网站成立于1995年，公司总部位于加拿大，主要从事旧书交易，尤其是绝版旧书。

剽窃癖，有的研究那种诡异的、隐隐期待自己被抓获的强迫症，有的思索将近迟暮之年时的文艺家的自毁行为。

跟乔斯林用电子邮件和电话联络时，我很镇定。我的口气听起来就像是明明受到了冒犯却三缄其口，只想断交，至少暂时断交。他跟我说，他大惑不解，于是我清清嗓子，提醒他，我给他寄过那本书。除此之外还有什么别的可能？最后，我接受了加州一家杂志的采访。这篇报道成了关于此事的权威说法，被其他媒体广泛引用。我允许记者查看我的笔记本、退稿便条及信件，还有那些我夹在紫色小说里的满怀希望的纸条。他看到我拥挤的居住环境；他遇见我那快乐而迷人的妻子、友善的孩子们。他写我献身于高尚的艺术事业，静默隐忍，不愿批评老朋友，写我毫无怨言地忍受自费出版的侮辱，一本光彩夺目的再版书重见天日，其意义堪与约翰·威廉姆斯现象[①]匹敌。承蒙这家美国周刊的青眼，我

① 约翰·威廉姆斯（John Towner Williams，1932—　），美国音乐家，以成功创作大量电影配乐闻名于世。

成了一位圣人。

至于我的私生活，一切皆可想而知。我们终于在离达勒姆三英里远的一个村落边缘，买下一栋古老的大房子。一条庄严的河从土地上流过。我六十岁生日那天，来了两个孙子。此前一年，我得到了爵位。我还是一个圣人，一个极度富有的圣人，我也快要成为国宝了。我的第六部小说在评论界不怎么受宠，但销量却是罗琳[1]级别的。我想我也许得停止写作了。我想没人会介意。

那么乔斯林呢？也可想而知。出版界没人会碰他了；读者也一样。他卖了房子，搬到布里克斯顿，就是我们的老地盘，他说，这样一来他反而觉得舒心惬意了。他在刘易斯汉姆的夜校里教创意写作。让我开心的是朱莉亚特仍然守在他身边。如今我们俩之间一点问题都没了。我们仍然很亲密。我已经完全原谅了他。他常常来我这里，住在最好的客卧，

① 指J·K·罗琳，《哈利·波特》系列的作者。

面朝大河，他喜欢到河边去钓鲑鱼，划船划上几英里。有时候，朱莉亚特会跟他一起来。他们喜欢我们那些在大学里的朋友，他们既善良又宽容。常常地，他会给我们大家做饭。我想，他很感激，因为，对于他可能看过我那本紫色的飘着香味的小说，我没有流露出一丁点儿谴责他的意思。

有时候，深夜，我和他围炉而坐（那是个很大的壁炉），喝着酒，把这桩古怪的陈年轶事——这场灾难——翻出来，于是，他又跟我讲起了他那套经过多年打磨的理论。我们的人生，他说，总是交织在一起。万事万物，我们都讨论过一千遍。我们读一样的书，经历过、分享过那么多事情，所以，我们的观念、我们的想象以某种奇特的方式熔铸在一起，以至于，最终，或多或少地，我们写了同样的小说。

我拿起一瓶上好的波默罗[①]酒，穿过房间，在他杯子里

---

① 吉伦特省下辖的一个市镇，盛产葡萄酒。这个地方产的葡萄酒有AOC标志（原产地命名控制）。

斟满。这只是个理论，我对他说，不过这是个好心的理论，一个深情的想法，正好可以藉此庆贺我们悠长久远、坚不可摧的友谊。我们是一家人。

我们举杯。

干杯！

My Purple Scented Novel

You will have heard of my friend the once celebrated novelist Jocelyn Tarbet, but I suspect his memory is beginning to fade. Time can be ruthless with reputation. The association in your mind is probably with a half-forgotten scandal and disgrace. You'd never heard of me, the once obscure novelist Parker Sparrow, until my name was publicly connected with his. To a knowing few, our names remain rigidly attached, like the two ends of a seesaw. His rise coincided with, though did not cause, my decline. Then his descent was my earthly triumph. I don't deny there was wrongdoing. I stole a life, and I don't intend to give it back. You may treat these few pages as a confession.

To make it fully, I must go back forty years, to a time when our lives happily and entirely overlapped, and seemed poised to run in parallel toward a shared future. We studied at the same university, read the same subject—English literature—published our first stories in student magazines with names like *Knife in Your Eye*. (But what names are like that?) We were ambitious. We wanted to be writers, famous writers, even great writers. We took holidays together and read each other's stories, gave generous, savagely honest comments, made love to each other's girlfriends, and, on a few occasions, tried to interest ourselves in a homoerotic affair. I'm fat and bald now, but then I had a head of curls and was slender. I liked to think I resembled Shelley. Jocelyn was tall, blond, muscular, with a firm jawline, the very image of the *Übermensch* Nazi. But he had no taste for politics at all. Our affair was simply bohemian posturing. We thought it made us fascinating. The truth was that we were each repelled by the sight of the other's penis. We did very little to or with each other, but we were happy to have people think we did a lot.

None of this got in the way of our literary friendship. I don't think we were properly competitive at the time. But, looking back, I'd say that initially I was the one who was ahead. I was the first to publish in a real, grownup literary magazine—*The North London Review*. At the end of our university career, I got a good first, Jocelyn got a second-class degree. We decided that such things were irrelevant, and so they turned out to be. We moved to London and took single rooms just a few streets away from each other in Brixton. I published my second story, so it was a relief when he published his first. We continued to meet regularly, get drunk, read each other's stuff, and we began to move in the same pleasantly downtrodden literary circles. We even began at roughly the same time to write reviews for the respectable national press.

Those two years after university were the height of our fraternal youth. We were growing up fast. We were both working on our first novels, and they had much in common: sex, mayhem, a touch of apocalypse, some violence, some fashionable despair, and very good jokes about all the things that can go wrong between a young man and a young woman. We were happy. Nothing stood in our way.

Then two things did. Jocelyn, without telling me, wrote a TV play. That sort of thing, I thought at the time, was well beneath us. We worshipped at the temple of literature. TV was mere entertainment, dross for the masses. The screenplay was immediately produced, starred two famous actors, was passionate about a good cause—homelessness or unemployment—that I had never heard Jocelyn mention. It was a success; he was talked about, noted. His first novel was anticipated. None of that would have mattered if I had not, at the same time, met Arabella, an English rose, ample, generous, calm, a funny girl who remains my wife even today. I'd had a dozen lovers before then, but I got no farther than Arabella. She laid on everything I needed by way of sex and friendship and adventure and variation. Such a passion was not enough in itself to stand between Jocelyn and me, or me and my ambitions. Far from it. Arabella's nature was copious, unjealous, all-embracing, and she liked Jocelyn from the start.

What changed was that we had a child, a boy named Matt, on whose first birthday Arabella and I were married. My Brixton room could not accommodate us for long. We moved farther south, deeper into the postal districts of southwest London, first to SW12, later to SW17. From there, one reached Charing Cross by a twenty-minute train ride, which itself began only after a twenty-five-minute walk through the suburbs. My freelance writing could not support us. I found a part-time teaching job in a local college. Arabella became pregnant again—she loved being pregnant. My college job turned full time just as my first novel was published. There was praise; there was mild damnation. Six weeks later, Jocelyn's first novel was out—an instant success. Though it didn't sell much more than mine (in those days, sales hardly mattered), his name already had a ring to it. There was a hunger for a new voice, and Jocelyn Tarbet sang more sweetly than I ever could.

His looks and his height (Nazi is unfair—let's say Bruce Chatwin, with Mick Jagger's scowl), his high turnover of interesting girlfriends, the beaten-up M.G.A. sports car he drove fed his reputation. Was I envious? I don't think so. I was in love with three people—our children seemed to me divine beings. Everything they said or did fascinated me, and Arabella continued to fascinate me, too. She was soon pregnant again, and we moved north, to Nottingham. With teaching and family responsibilities, it took me five years to write my second novel. There was praise, a little more than last time; there was damnation, a little less than last time. No one but me remembered the last time.

By then, Jocelyn was publishing his third. The first had already been made into a movie starring Julie Christie. He'd had a divorce, a mews house in Notting Hill, many interviews on TV, many photographs in life-style magazines. He said hilarious, scathing things about the Prime Minister. He was becoming our generation's spokesman. But here's the astonishing thing: our friendship did not falter. Certainly, it became more intermittent. We were busy in our separate realms. We had to get the desk diaries out well in advance in order to see each other. Occasionally, he travelled up to see me and the family. (By the time of our fourth child, we had moved even farther north, to Durham.) But usually I was the one who travelled south to see him and his second wife, Joliet. They lived in a large Victorian house in Hampstead, right near the heath.

Mostly, we drank and talked and walked on the heath. If you'd been listening in, you would have heard nothing between us to suggest that he was the star and that my literary prospects were fading. He assumed that my opinions were as important as his; he never condescended. He even remembered my children's birthdays. I was always installed in the best guest room. Joliet was welcoming. Jocelyn invited friends around, who all seemed lively and pleasant. He cooked big meals. He and I were, as we often said, "family."

But, of course, there were differences that neither of us could ignore. My place in Durham was friendly enough, but child-trampled, crowded, cold in the winter. The chairs and carpets had been wrecked by a dog and two cats. The kitchen was always full of laundry, because that was where the washing machine was. The house was afflicted with many ginger-colored pine fittings that we never had time to paint or replace. There was rarely more than one bottle of wine in the house. The kids were fun, but they were chaotic and noisy. We lived on my modest salary and Arabella's part-time nursing. We had no savings, few luxuries. It was hard in my house to find a place to read a book. Or to find a book.

So it was a holiday of the senses to pitch up at Jocelyn and Joliet's for a weekend. The vast library, the coffee tables supporting that month's hardbacks, the expanses of dark polished oak floor, paintings, rugs, a grand piano, violin music on a stand, the banked towels in my bedroom, its awesome shower, the grownup hush that lay around the house, the sense of order and shine that only a daily cleaning lady can bestow. There was a garden with an ancient willow, a mossy Yorkstone terrace, a wide lawn, and high walls. And, more than all this, the place was pervaded by a spirit of open-mindedness, curiosity, tolerance, and a taste for comedy. How could I stay away?

I suppose I should confess to one solitary strain of dark sentiment, a theme of vague unease I never gave expression to. Honestly, it didn't trouble me that much. I'd written four novels in fifteen years—a heroic achievement, given my teaching load and hands-on fathering and lack of space. All four were out of print. I no longer had a publisher. I always sent a finished copy of my latest to my old friend with a warm dedication. He would thank me for it, but he never passed comment. I'm quite sure that after our Brixton days he never read a word of mine. He sent me early copies of his novels, too—nine to my four. I wrote him long appreciative letters about the first two or three, then I decided for the sake of our friendship's equilibrium to respond in kind. We no longer talked or wrote about each other's books—and that seemed fine.

So you find us past midlife, around the age of fifty. Jocelyn was a national treasure, and I—well, it was wrong to think in terms of failure. All my children had processed or were processing through university, I still played a decent game of tennis, my marriage, after a few creaks and groans and two explosive crises, was holding together, and the rumor was that I'd be a full professor within the year. I was also writing my fifth novel—but that was not going awfully well.

And now I come to the core of this story, the seesaw's crucial tilt. It was early July and I headed from Durham to Hampstead, as I often did straight after marking finals papers. As usual, I was in a state of pleasant exhaustion. But this was not the usual visit. The following day, Jocelyn and Joliet were going to Orvieto for the week and I was going to house-sit—feed their cat, water the plants, and make use of the space and the silence to work on the meandering fifty-eight pages of my novel.

When I arrived, Jocelyn was out running errands and Joliet made me welcome. She was a specialist in X-ray crystallography at Imperial College, a beautiful, sleek woman with a warm, low voice and an intimate manner. We sat drinking tea in the garden, swapping news. And then, with a pause and an introductory frown, as if she had planned the moment, she told me about Jocelyn, how things were not going so well with his work. He'd finished a final draft of a novel and was depressed. It had failed to measure up to his ambitions, for this was supposed to be an important book. He was miserable. He didn't think he could improve it; nor could he bring himself to destroy it. It was she who'd suggested they take a short holiday and walk the dusty white tracks around Orvieto. He needed rest and distance from his pages. While we sat in the shade of the enormous willow, she told me how downcast Jocelyn had been. She had offered to read the novel, but he had refused—reasonably enough, for she's not really a literary sort of person.

When she'd finished, I said airily, "I'm sure he can rescue it if he can just get away for a while."

They set off the following morning. I fed the cat, made

myself a second coffee, then spread my pages on a desk in the guest room. The huge, dustless house was silent. But my thoughts kept returning to Joliet's story. It seemed so odd that my ever-successful friend should have a crisis of confidence. The fact interested me; it even cheered me a little. After an hour, without taking any sort of decision, I wandered toward Jocelyn's study. Locked. In the same open-minded spirit, I wandered into the master bedroom. I remembered from our Brixton days where he used to keep his marijuana. It didn't take me long to find the key, at the back of his sock drawer.

You won't believe this, but I had no plan. I just wanted to see.

On his desk, a huge old electric typewriter hummed—he had forgotten to turn it off. He was among the many word-processing holdouts in the literary world. The typescript was right there, in a neatly squared-off pile, six hundred pages—long, but not vast. The title was "The Tumult," and underneath I saw, in pencil, "fifth draft," followed by the previous week's date.

I sat down in my old friend's study chair and began to read. Two hours later, in a kind of dream, I took a break, went into the garden for ten minutes, then decided that I should get on with my own wretched attempt. Instead, I found myself drawn back to Jocelyn's desk. I hesitated by it, then I sat down. I read all day, paused for supper, read until late, woke early, and finished at lunchtime.

It was magnificent. By far his best. Better than any contemporary novel I remembered reading. If I say it was Tolstoyan in its ambition, it was also modernist, Proustian, Joycean in execution. It had moments of joy and terrible grief. His prose sang more beautifully than ever. It was worldly; it gave us London; it gave us the twentieth century. The depictions of the five central characters overwhelmed me with their truth, their brightness. I felt I'd always known such people. Sometimes they seemed too close, too real. The end—a matter of fifty pages—was symphonic in its slow, unfolding grandeur, sorrowful, understated, honest, and I was in tears. Not only for the plight of the characters but for the whole superb conception, its understanding of love and regret and fate, and its warm sympathy for the frailty of human nature.

I stood up from the desk. Distractedly, I watched a battered-looking thrush hopping backward and forward across the lawn in search of a worm. I do not say this in my defense, but, again, I was empty of schemes. I experienced only the glow of an extraordinary reading experience, a form of profound gratitude familiar to all who love literature.

I say I had no plan, but I knew what I would do next. I simply enacted what others might only have thought.

I moved like a zombie, distancing myself from my own actions. I also told myself that I was just taking precautions, that most likely nothing would come of what I was doing. This formulation was a cushion, a vital protection. Looking back now, I wonder if I was prompted by rumors of the Lee Israel forgeries, or by Borges's "Pierre Menard," or Calvino's "If on a Winter's Night a Traveler." Or an episode in a novel I'd read the year before, "The Information," by Martin Amis. I'm reliably informed that Amis himself derived that episode from an evening of drinking with another novelist, the one (memory fails me) with the Scottish name and the English attitude. I heard that the two friends entertained themselves by dreaming up all the ways one writer might ruin the life of another. But this was different. It may sound improbable, given what followed, but on that morning I had no thoughts of causing Jocelyn any harm. I was thinking only of myself. I had ambitions.

I carried the pages into the kitchen and tipped them into a plastic bag. I took a taxi across London to an obscure street where I knew there was a photocopying shop. I came back, returned the original to Jocelyn's desk, locked the study, wiped my prints off the key, returned it to his sock drawer.

"*It's an easy-drinking water that evokes earthy wood with aromatic notes of brass.*"

Back in the guest room, I took from my briefcase one of my empty notebooks—I'm always given them for Christmas—and got to work, serious work. I started making extended notes for the novel I had just read. The first entry I dated two years in the past. I deliberately strayed from the subject several times, pursued irrelevant ideas, but kept coming back to the central line of the story. I wrote at speed for three days, filling two notebooks, sketching out scenes. I found new names for the characters, altered aspects of their pasts, their surroundings, details of their faces. I managed to work in some minor themes from my previous novels. I even quoted myself. I thought New York would serve for London. Then I realized that I could never bring any city to life the way Jocelyn had, so I returned to London. I worked hard and I began to feel that I was being truly creative. This was, after all, going to be my novel as well as his.

In the remainder of my stay, I typed out my first three chapters. A few hours before they were due to return, I left Jocelyn and Joliet a note explaining that I had to return north for an examiners' meeting. You might think that I was being a coward, that I couldn't face the man I was stealing from. But it wasn't like that. I wanted to get away and keep working. I already had twenty thousand words and I was desperate to press on.

At home, I told Arabella, truthfully, that my week had been a complete success. I was onto something important.

I wanted to spend the summer holidays developing it. I worked through the rest of July. In mid-August, I printed out my first draft and made a bonfire in the garden of my photocopy. I made a mass of corrections on the pages, typed in my marks, and in early September the new draft was ready. Let's face it, the novel was still Jocelyn's. There were brilliant passages of his that I left almost intact. But there was enough of my own writing there to allow me a sense of proud possession. I had sprinkled the pages with the dust of my identity. I'd even included a reference to my first novel, which one of the characters is seen reading—on a beach.

My publisher, in one of those savage clear-outs of the so-called "mid-list," had, with "profound regret," let me go. I was contractually free. Rather than self-publish on the Internet, I chose to go with an old-fashioned vanity press called Gorgeous Books. It was a dismayingly rapid process. Within a week, I had in my hands an early copy of "The Dance She Refused." The cover was purple, with gold embossed letters in flowery copperplate, and the pages were faintly perfumed. I inscribed one and sent it by registered post to my dear friend. I knew he would never read it.

All this was achieved before I resumed teaching, in late September. During the autumn, in my free time, I sent the book around to friends, to bookshops, newspapers, always making sure to enclose a hopeful little note. I gave copies to charity shops in the hope of gaining a humble circulation. I slipped copies onto the shelves of secondhand-book shops. I heard by e-mail from Jocelyn that he had put "The Tumult" aside and was working on something new. I knew now that I had nothing to do but wait—and hope.

Two years passed. I made my usual visits to Hampstead, and we avoided, as we often did, talk of our own work. In that period, I did not hear from a single person, apart from my wife, on the subject of "The Dance She Refused." Arabella was swept away by it, indignant, then furious, that it was ignored. She told me that my famous friend should be doing something to help. I told her calmly that it was a matter of pride not to ask him. On trips to London, I distributed more copies of "The Dance" in secondhand-book stores. By Christmas, almost four hundred copies were out in the world.

Three years separated the appearance of "The Dance She Refused" and "The Tumult." As I'd expected, friends had told Jocelyn that he'd written his best and he must publish. When he did, the press was also, as I'd expected, a sweet chorus of songbirds in fluting ecstasy. I hung back in case the process I had set in train found its own momentum. But since no one had read my perfumed version, nothing could happen. I was obliged to give the matter a shove. I sent my creation in a plain envelope to a bitter, gossipy critic on the London *Evening Standard*. My unsigned note said, in Courier sixteen point, "Does this remind you of a highly successful novel published last month?"

Much of the rest you will know. It was the perfect story. A wild storm surged through my house and Jocelyn's. All the correct ingredients. A wretched villain, a quiet hero. A national treasure knocked flying from his pedestal, dishonest fingers deep in the till, an old friend down on his luck, betrayed, whole passages lifted, whole conception stolen, characters, too, no plausible explanation from the guilty man, whose friends now understood his reluctance to publish, tens of thousands of copies of "The Tumult" removed from the shops and pulped. And the old friend? Nobly refused to condemn, unavailable for interviews—and, of course, a genius revealed, best book in years, a modern classic, a mild man loved by his students and colleagues, dumped by his publisher, books out of print. Then a scramble to procure the rights, all the rights, to the backlist as well as "Dance," agents and auctions involved, film rights and movie people involved. Then the prizes—Booker, Whitbread, Medici, Critics Circle, in one long noisy banquet. Copies of the Gorgeous edition selling for five thousand pounds on AbeBooks. Then, as the dust settled, and with my book still "flying" off the shelves, thoughtful articles on the nature of literary kleptomania, the strange compulsion to be caught, and acts of artistic self-destruction in late middle age.

In e-mails and phone calls with Jocelyn, I was cool. I sounded offended without saying so, keen to break off, at least for now. When he told me how baffled he was, I cleared my throat, paused, then reminded him of the copy I'd sent. How else could it have happened? Finally, I gave one interview, to a California magazine. It became the authoritative version, picked up by the rest of the press. I allowed the journalist access to my notebooks, rejection slips and letters, copies of the hopeful notes I had attached to my purple copies. He saw my crowded circumstances; he met my cheerful, charming wife and friendly children. He wrote of my dedication to the high cause of my art, my quiet reluctance to criticize an old friend, of the indignities of vanity publishing suffered without complaint, the rediscovery of a brilliant backlist comparable to the John Williams phenomenon. Courtesy of the American weekly, I became a saint.

In my private life, all predictable enough. Eventually, we bought a big old house on the edge of a village three miles out of Durham. A stately river runs through the grounds. At my sixtieth birthday, two grandchildren were in attendance. The year before, I'd accepted a knighthood. I remain a saint, an exceedingly rich saint, and I'm close to becoming a national treasure. My sixth novel didn't do so well with the critics, though the sales were Rowlingesque. I think I might stop writing. I don't think anyone would mind.

And Jocelyn? Also predictable. No one in publishing would touch him; nor would the readers. He sold his house, moved to Brixton, our old stamping ground, where, he says, he feels more comfortable anyway. He teaches creative-writing night classes in Lewisham. It pleases me that Joliet stuck by him. And there are no issues between us. We remain close. I've forgiven him completely. He often comes to stay and always has the best guest room, facing the river, where he likes to fish for trout and row for miles. Sometimes Joliet comes up with him. They like our old university friends, who are kind and tolerant. Often, he cooks for us all. I think he's grateful that I've dropped any hint of an accusation that he ever looked inside that purple scented edition.

Sometimes, late at night, when he and I are sitting by the fire (it's a vast fireplace), drinking and raking over this curious episode, this disaster, he tells me again his own theory, which he's been refining over the years. Our lives, he says, were always entwined. We talked over everything a thousand times, read the same books, lived through and shared so much, and in some curious way our thoughts, our imaginations fused to such an extent that we ended up writing the same novel, more or less.

I cross the room with a bottle of decent Pomerol to refill his glass. It's just a theory, I tell him, but it's a good-hearted theory, a loving idea that celebrates the very essence of our long, unbreakable friendship. We're family.

We raise our glasses.

Cheers!

更广阔更自由的写作

——麦克尤恩谈文学

五月初，坐火车前往格洛斯特郡，采访麦克尤恩。火车驶出帕丁顿车站，城市渐渐被美丽的乡村风景取代，天气也好起来，灰云变成了白云，白云变成了阳光。

一小时二十分钟后，就到了一个很小的火车站。预定好的出租车司机已等在站外。车子很快开上了单行的乡村小路，间或有一些让车的宽处。风景是精心设计的英国乡村，一片片绿草地，顺着坡地起伏的深绿色矮树栅栏，也有一畦畦油菜花田，黄色已经开始变白。从小路转向更小的路，再进入私家路，就能看见左手斜坡的树影后，有一栋高高低低铺展开的浅褐色的石头建成的房子。

车子开到大门口，我正和司机商量他是否能一小时后过来接我，门开了，一个瘦小的男人走出来，正是麦克尤恩。他满面笑容，与我握手寒暄，也与和他相熟的司机打招呼。

原本我还有一些紧张，因为这是与他的经纪人打了好几个月的交道，又经过译文出版社的一番努力，好不容易才约到的采访。经纪人对作家一板一眼的守护当然折射到我对作家的想象上，但麦克尤恩给人的第一印象竟是那样随和通融，刹那间就让人完全放松，所有的焦虑都缴了械。我说司机可能一个小时内无法回来，他摆摆手说："没关系，晚点没关系，只是不要让你耽误了回程火车。"我说经纪人给我严格指令说一个小时，他笑着说，以前常有记者打了车过来，却没有安排回火车站的车，在他家一待就是两三个小时，所以，现在有这个预定来回出租车的办法。

送走了司机，这才仔细看他，个头不高，灰白的头发朝着各个方向凌乱着。他穿着一件黑色的V领毛衣，里面是白衬衫，浅蓝色的布裤子，下面是一双颜色挺鲜亮的蓝色运动鞋。

在客厅里坐下来，等他的助手为我们泡茶，他就先问我的情况，问我何时来英国，学什么，在哪里工作，写何类文章等，直到我打断他，说我们时间有限，应该是我采访他才对。他大笑。

此访谈有严重剧透，建议先读小说，再看访谈。

恺蒂：《儿童法案》的中译本最近在中国出版，所以，这次采访我会集中在《儿童法案》上，如果有时间也希望谈谈其他。我知道我的问题肯定已经有无数人问过您，希望您不要介意。

麦克尤恩：我已经很久没有谈过《儿童法案》了，所以我会尽量给你清新的回答。当然，最近《儿童法案》的电影刚刚杀青，我已经看了十五六个不同的版本，所以，我得当心到底说的是我对小说的记忆还是对电影的记忆。

恺蒂：您在后记中感谢您的好朋友大法官阿兰·沃德爵士，《儿童法案》故事的缘起与他很有关系，能请您详细谈谈吗？

麦克尤恩：阿兰是我的好朋友。有一次，我们两对夫妻一起去魏格摩尔音乐厅听巴赫音乐会，那晚去的大都是法律界人士。音乐会开始之前闲聊时，阿兰就指给我看，说这位是大法官，那位是大律师，这位是某某协会的主席，那位主管高级法庭，都是有头有脸的人物。坐在我们前面的也是一位法官，阿兰说这位法官是托特纳姆热刺队的董事。接着，阿兰就告诉我他曾审过一个案子，案子里孩子的家庭信仰耶和华见证人，孩子白血病需要输血，但是这种宗教是不许接受输血的，所以医院就请求家庭法庭来做裁决。阿兰在做判决之前，先去病房看望了这个孩子，他发现孩子是热刺队的球迷，就和他讨论了一个小时足球。他回到法庭后，就判定医院可以违背家长意愿给孩子输血。孩子康复之后，阿兰就通过坐在我们前面的那个法官，带孩子的爸爸和孩子去看热刺队的比赛，坐在董事包厢里。比赛后，球员们都来到包厢，孩子见到了他心中所有的英雄，和他们握手拍照。阿兰说，那个时刻，他看到了孩子脸上洋溢着那么快乐的笑容，那么热爱生活，热爱足球。阿兰觉得自己在法庭上的判决是正确的，他也很为自己的判决而自豪，因为是他的决定，让这个孩子活了下来。但是，六年以后，在另一个案件卷宗的脚注里，阿兰发现那个孩子后来又病了，此时他已二十多岁，是成年人了，可以自己做决定，这次，他拒绝接受输血治疗。

当时，在音乐厅里，阿兰的故事还没讲完呢，我就知道我得到了一个意外的惊喜，对小说家来说，这是一份罕见的礼物，你从骨子里知道这是一个很好的故事，这将是你下一本书的内容，这种好运极少发生。我当时正忙着别的事情，就写了笔记搁在一边。等空下来后，我就去与阿兰会面，向他详细了解每个细节，也开始到家庭法庭上去旁听，开始做深入的研究。

《儿童法案》的故事框架，就是来自我的朋友阿兰的经历。当然，在小说中，我把法官的性别改成了女性，把孩子的年龄改成快到十八岁，因为这个故事的时间段不能拉得那么长，故事必须发生在几个月内。我放弃了足球，法官和孩子讨论的是诗歌和音乐。所以，有时候你听到的话，听到的故事，一些零碎的信息，都充满着可能性，都可能成为你小说的素材。这本书的故事，我就是那么幸运地得到的。

恺蒂：《儿童法案》写的是法官菲奥娜的生活，主要情节是亚当的输血案，菲奥娜的判决直接决定亚当的生死。我知道您对极端的宗教信仰一直多有批评，您也是知名的无神论者。您是否想通过这本书来反映宗教与法律的冲突？

麦克尤恩：我已经不称自己是无神论者了，我已经超越无神论了。确实是有人说我这本书是攻击宗教，这点我并不承认。

一位好朋友曾开玩笑地说：还从没有哪位作家这么充满同情地描述耶和华见证人的信仰者。我把亚当和他父亲描写得那么充满人情味，他的父母亲对他那么充满爱心，他父亲在法庭上的辩解简直就是对耶和华见证人的最好辩护。所以，我丝毫没有想通过此书攻击宗教，更没想攻击耶和华见证人。要攻击这个教，那是太易如反掌了，这个教宁愿让你的孩子死，也不愿意让他输血，这是其他宗教也都不能理解的。如果我真要攻击宗教，我会把孩子的父亲描写成一位恶魔，我也会用更直接的办法进行攻击，我也可能挑更大、更难以攻击的宗教来做我的对手。

我感兴趣的是极真诚的宗教信仰和国家法律之间的冲突。因为英国的法律完全是非宗教的，完全是世俗的。虽然许多英国人还有不同程度的宗教信仰，但英国法律丝毫不考虑宗教的因素。我希望探索的是最真诚的信仰和世俗的道德发生冲突时的情况。我的同情点当然很明显，但我还是希望我书中的人物的信仰是极真诚的，他的父母是充满爱心的，我也希望这位年轻人的心中有一种温暖的东西。

恺蒂：您刚才讲的那个现实生活中的故事，那个热爱足球的孩子，他成年时再次发病后所做出的选择，和《儿童法案》中亚当所做的选择是一样的。但那位孩子的选择，可能更多出于宗教的因素，而亚当的最后选择，可能更多感情的成分，特别是菲奥娜在音乐会结束后与她丈夫的对话，让人更觉得如此。我的理解对吗？

麦克尤恩：亚当最后做出这样的选择，其理由是模棱两可的。亚当可能完全痴迷菲奥娜，那可能是一种无可救药的爱。他把菲奥娜视为精神上的导师、心智上的伙伴，菲奥娜打开了他的眼界，打开了他的世界，之后却弃他于不顾，在亚当看来，菲奥娜的放弃是一种残酷的背叛。从菲奥娜的角度来说，如果只看道义和职责，那她完全尽到责任了，但从感情上，她也无法解脱，她觉得内疚，她觉得对不起亚当，也对不起自己。

在小说的开始，我引用了英国《儿童法案》中的那句话："法庭在裁决与儿童有关的事宜时，儿童的利益是至高无上的。"所以，法庭的责任到哪里终止？我们道义上的决定是否有一个限度，什么时候我们才能说：我们已经尽到责任了？

恺蒂：菲奥娜在工作上睿智、精确、理性，但私人生活并不如意，丈夫虽表白仍然爱她，却想要个开放的婚姻，出去寻找最后一次激情。认识了亚当这个年轻人后，亚当开始跟踪她，追随她，他们之间的感情变得非常微妙。您如何为菲奥娜和亚当的关系定义？

麦克尤恩：在书中，我已经尽了最大努力，把亚当和菲奥娜之间的温度调到最低了，但我并不想他们一点温度都没有。她亲吻了他，或者说他亲吻了她。这个亲吻可能是一个意外，但绝对不是熟人间告别的亲吻。菲奥娜因为丈夫有了外遇，背叛了她，所以，从情感上讲，她也是一个自由人。同时，她丈夫之所以要背叛她，是因为她在经历了连体双胞胎的案子后对肉体的厌恶，她自己的性感出现了问题。还有一点，菲奥娜没有孩子，在小说中，她希望她已经有一个成年的女儿，她可以和女儿讨论丈夫的外遇。所以，她对亚当有一种母性的情感，但又不单纯是母性。她也被亚当的青春吸引，亚当唤醒了她内在的一种东西。

对亚当来说，他从小受的教育非常狭窄，他对世界的看法非常单一。菲奥娜这么个人物出现在他面前，充满智慧，地位这么高贵，和他讨论音乐、诗歌。而且，这位人物又有那么开放的头脑，就让亚当震惊。我们并不知道菲奥娜信不信上帝，是不是无神论者，但她的精神是世俗的，那种没有宗教束缚的自由和随心所欲，让亚当非常兴奋。

恺蒂：但菲奥娜后来完全把亚当拒之门外，是否有些过分？

麦克尤恩：在我进行研究的过程中，我出席了无数个家庭法庭，看过无数案件的审理。法官们每天都要面对六七桩悲惨的案件，他们必须要保持距离，就像医生一样，他们不能太参与，不能感情用事。他们的责任是有限度的，这样他们才能有健康的态度来对待下一个案例。

在亚当的案子之后，菲奥娜审理了许多其他案子，有离婚案、死去的婴儿、被父母虐待的儿童等，都是悲剧。从法律和职业的角度来说，从逻辑上来说，菲奥娜完全可以对亚当置之不理，与他保持距离。她完全可以告诉自己，她已经做到了她该做的一切。但从感情上来说，她又不能解脱。她打开了亚当的头脑和心灵，她自己心灵的一部分也被亚当打开了。她能感觉到亚当的吸引力，同时，她也意识到这很危险，她可能控制不了自己。所以，她不断地推开他，不回他的信件，叫他走开。但她的感情已经产生了极大的波动，所以，她才会那么内疚。从某种意义上来说，她感觉到亚当是因为爱她才做出最后的选择的。这里，我得承认，我进入了乔伊斯的那个永恒的想象空间。这里我指的是乔伊斯小说集《都柏林人》中那篇《死者》。乔伊斯写到一场晚会结束之后，夫妻俩回到宾馆里，丈夫想与妻子做爱，妻子却想起了一首歌，一个年轻的男孩很久很久以前唱的歌。妻子现在已经五十多岁，她想到的是她十七岁的时候，一个男孩站在她的窗下为她唱了一首爱尔兰的情歌，也就是晚会上唱的那首歌。她告诉了丈夫这场爱情，他觉得有些嫉妒，她告诉他那位少年已经死了，可能是因为在她的窗下得了风寒。她说："我想他是因为对我的爱而死。"原来我是想在最后写一个"墓志铭"之类，后来觉得可能会剧透，就打消了这个念头。但是从这种意义上来说，《儿童法案》也是我对《死者》表达敬意。在我看来，《死者》是一篇最完美的小说。

恺蒂：小说的时间跨度是亚当从十七岁的少年变成十八岁的青年，他的身上好像没有什么反叛少年的因素。

麦克尤恩：在亚当的身上，有许多我自己十几岁时的影子。我的出身背景没有任何文学艺术的因素，我父母十三四岁时就离开学校，不再继续读书，所以，我的家庭是没受过什么教育的。当我十六七岁时，我开始听古典音乐、爵士乐、蓝调，开始读诗歌，读小说。这些在我头脑中如同爆炸一样。所以，我和平常青春期充满反叛的少年很不同，我如饥似渴地寻找可以把我带进文学艺术世界里的成年人，希望他们能引导我，教育我。我希望有能在知性上给我以指导的养父母。所以，如果当时我的生活里出现菲奥娜这样的人物，我肯定会一直跟着她转。当然，我很幸运，我遇到了非常好的老师，也遇到能认真严肃对待我的成年人。

我成长在五十年代，我的父母亲充满爱心，对我照顾得无微不至，保证我吃饱穿暖，保证我上学不迟到。但是，像当时的许多父母一样，他们不会和孩子交谈。这种父母与孩子的关系可能到了六十年代才有所改变，大家才承认孩子也是人，也是可以对话的。

有件事至今让我记忆尤深，永远难忘。因为我父亲在军队里工作，所以，我被送回英国上政府的寄宿学校，十一岁时，我独自坐飞机回英国，飞机经停马耳他时，上来一个人，他坐在我旁边，开始和我说话。他还问我："伊恩，你相信上帝吗？"那真是太让我震惊了，居然还有人对我的想法感兴趣。从来没人这么与我说过话，从来没人问过我这个问题，包括我自己。我想我当时的回答是肯定的。这次交谈永久性地存活了下来。

恺蒂：为什么您用音乐和诗歌等艺术形式取代了真实故事里的足球？是不是因为艺术与宗教更容易产生冲突？

麦克尤恩：应该说是宗教和好奇心之间更有冲突，特别是基督教。在基督教里，上帝就是万能的，你如果想要知道上帝究竟是怎么回事，你要提问题，那简直就是亵渎神灵。圣奥古斯丁就非常反对人们的好奇心，因为好奇会带来怀疑。如果宗教能够完完全全解释世界到底是怎么回事，解释一切的存在，解释为什么动物植物会有那么多种不同的样式，解释为什么宇宙会如此广阔，如果宗教能解释这一切，那么就不会有达尔文、哥白尼、牛顿、伽利略等出来提问题。问题在于宗教无法解释这些，只简单地说上帝创造的世界就是这样，那当然没有说服力。

所以，宗教禁止好奇心，但我给了亚当好奇心。现在有一种说法，说科学与宗教并不违背，只是在探索不同的领域而已。我也不同意这种看法。例如，基督教曾有很强很严密的宇宙论，但后来基督教宇宙论的每一点都被推翻，都被证明是完全不对的。现在，他们又来试图套用世俗科学证明出来的宇宙论，但是你已经有了那么多不真实的东西，如何还能让别人相信你的其他说法。

在书中，菲奥娜并没向亚当灌输无神论。但因为亚当自身就有一种好奇心，他允许这一束光亮进入了他的生活。

关于书中引用到的诗歌和音乐，那也有我自己的影子。我十几岁时最喜欢的诗人是叶芝，因为他的诗特别容易读，容易理解。还有那首《我背对世界》，你可以理解为暗示着亚当回到宗教里了，但你也可以不那么理解。

恺蒂：那么音乐呢？在这本书中，音乐也很重要，您觉得是否有些部分，用音乐更容易表达？

麦克尤恩：两年前，2015年12月，我和好朋友、著名钢琴家安吉拉·休伊特一起，在维也纳举办过一场《儿童法案》的音乐朗诵会，我读英文，还有一位朋友朗读了德文译本。参加音乐朗诵会的还有男中音歌唱家路德维希·米特哈默。我们表演了小说里的所有的音乐，包括巴赫，本杰明·布里顿作曲的《柳园下》，马勒和柏辽兹的艺术歌曲等。当时我正在写《儿童法案》的电影剧本，那次音乐会让我意识到，电影里是不可能既有马勒又有柏辽兹的歌曲的，因为这两首歌都冗长沉闷、悲伤凄凉。在书里两首歌都出现无所谓，电影里肯定不行。

在小说里写音乐不容易，因为百分之九十五的读者对古典音乐没兴趣。即使有兴趣，他们可能也不知道某个特别的曲目。在阅读小说的过程中，音乐不一定会出现在读者的耳朵里。作家不能依靠音乐来表达他们想表达的东西。所以，我也不建议读者花太多精力来琢磨书里所提到的音乐。

恺蒂：听说《儿童法案》的主演有艾玛·汤普森和斯坦利·图奇，您是不是也参与很多？

麦克尤恩：十几年前《赎罪》被改编成电影时，我正在写《追日》，不想分心。所以，是克里斯多夫·汉普顿写的剧本。最近两年我比较多参与电影的工作。最近《在切瑟尔海滩上》和《儿童法案》的电影都刚刚拍好，两部电影非常不同，一起完成纯属巧合，但剧本都是我自己改编的。我也刚刚写完《甜牙》的剧本。《儿童法案》确实有几位大牌演员，《在切瑟尔海滩上》的女主角是当年在《赎罪》中演少年布莱尼的西尔莎·罗南，现在已成长为相当棒的演员了。

我们希望这两部片子都能被各种电影节选中，下半年我可能会参与电影的一些推广活动。

恺蒂：小说和电影是非常不同的艺术样式，能不能谈谈您的体会？

麦克尤恩：写小说是很孤独的工作，拍摄电影是团队工作，所以，对我来说，是一种完全不同的体验。片场我不常去，拍摄本身是很缓慢、很无聊的事。当然，最大的区别，就是团队工作，有时候你得学会妥协。

恺蒂：您有做出妥协的例子吗？

麦克尤恩：当然有，举个例子，在《儿童法案》中，从某种程度上来说，菲奥娜丈夫想要出去寻找外遇，是有一定的理由的。在小说中，她丈夫问她，你记得我们多长时间没有做爱了？菲奥娜说不记得，但丈夫清楚地记得是七个星期加两天。但在拍电影时，制片人和导演，两人都是一定年龄的男性，他们合起伙来对我说，七个星期太短了，不足以让她丈夫出去找外遇，时间得长些，两年还差不多。我说：两年，那怎么可能，那也太长了！最后，我们妥协到十一个月。现在我仍觉得十一个月还是有些长，但已经没法再修改了。拍电影就是这样，有的仗值得打，有的不值得。但是我对这两位说：现在我可更了解你们的私生活了。

恺蒂：中国法律中只有一个《未成年人保护法》，并没有专门的关于保护儿童的法律，儿童保护是在《宪法》《婚姻法》中顺便提到的。中国人总觉得父母最知道孩子的利益。相比之下，英国有好几种专门设置的保护儿童权益的法律。为什么独立的儿童保护法如此重要？

麦克尤恩：大多数时候，英国父母也觉得他们最了解孩子的利益，孩子是属于他们的。所以，我要在小说的最开始，就引用英国《儿童法案》里的那句话：孩子的利益，是至高无上的。孩子的利益往往不一定是父母的利益。所以，我们需要有高于父母、高于宗教的独立的法律来保护孩子的利益。有时候，父母亲会做出对孩子非常有损害的决定，这时候，我们需要法庭来推倒父母的决定。

对某个社会某个国家的人性程度的测量，一个最基本的准则是看他们如何对待孩子。孩子是我们的未来，是我们最希望的自我。所以，在有争议、有分歧的情况下，高于一切的对孩子的法律保护是至关重要的。必须有一个比父母、比宗教、比上帝更高的保护孩子的机构，那就是法庭。英国曾有过这样的案例：来自西非的父母，觉得孩子被恶魔缠身，试图以毒打来驱魔，甚至可能把孩子打死。有些人就说这是西非的文化传统，我们应该尊重他们的文化，我完全不同意。一个世俗的法庭，是完全不应该考虑这些所谓文化的，应该告诉这些父母，法庭不在乎你们的上帝、你们的神灵怎么想。法庭必须出面制止这种虐待。

英国现在的《儿童法案》是1989年拟定的，之后已经修改过六次，现在被全世界很多国家采用。

恺蒂：《坚果壳》是一本与《儿童法案》非常不同的书，也与您过去二十多年来的作品很不同。您近年来的作品题材跨度虽然很大，从《追日》中的科学到《甜牙》中的间谍，到《儿童法案》中的法律及宗教，但仍然都是关于社会现实的作品。相较之下，《坚果壳》呈现给读者的是完全不同的空间。能否请您谈谈这本书的缘起。

麦克尤恩：对，在过去二十年中，我一直在写现实小说，每本书都要做很多研究，动力之一是我想了解别人的工作。我想知道当一位法官、律师、科学家、神经科医生、心理分析师、间谍等，是怎么回事。而《坚果壳》，我希望从研究中给自己放个假。我也一直想暂时离开现实小说的领域，希望能够回到七十年代我刚刚开始写作时的那种创作上去，那种更广阔、更自由的写作。但这种想法一直藏在我心里，我并没有付诸实施，觉得可能就是一个愿望而已，一个短暂的野心罢了。

但有一天，我参加一个非常无聊冗长的会议，我的脑子就开小差了。就像《儿童法案》的故事一样，我也突然收到了一个礼物，开篇的第一句话进入了我的脑海："我头朝下，在一个女人的身体里。”这种礼物对于作家来说，极为难得，而我却连得两个。我真是太幸运了。当时，我能清楚地看到这个句子，就像老式的报纸编辑室里的收发电报的纸带那样。那一刻，我就知道，这将是我的下一本书的第一句话。我觉得半本书已经写好了，虽然我还不知道说话的人是谁，也不知道整个故事是什么。但是我知道，我下一本书的主角，将是一个胎儿。我也知道这本书的结尾，那就是这个孩子的出生。

当时，我也在准备一个演讲，我正在重新阅读莎士比亚的《哈姆雷特》，我在读蒙田、鲍斯威尔、皮佩斯等人的著作，所以，哈姆雷特的情节就进入了这个胎儿的叙述过程，不知不觉地，《坚果壳》就成了哈姆雷特故事的另一个版本。

所以，有了这个大框架之后，下一步是如何让读者信服这个胎儿确实能做叙述人，之后，我就可以放手写了。这本书中有喜剧的成分，也有严肃的部分，例如对世界的看法。一开始，我得要把准叙述的语气，这点非常重要。我并不只想讲一个哈姆雷特的故事，我的野心更大，我希望子宫里面的那位是莎士比亚。所以，叙述语言必须充满诗意，但又不能陈腐，要有一种俏皮和幽默，要会用明喻暗喻各种技巧。所以，在把玩文字上，写这本书很让我过瘾。我不用出去进行调研，我不用离开我的书桌，就可以写作。

恺蒂：这本书您写了多长时间？

麦克尤恩：差不多一年。其中很大一部分是在巴黎写成的。

恺蒂：这本书与莎士比亚逝世四百周年纪念日有关系吗？

麦克尤恩：我是2014年开始写作此书的，但我一点都没想到2016年莎士比亚四百周年。如果有人问我莎士比亚是哪年去世的，我可以毫不犹豫地告诉他，但我开始写这本书时，确实没在意日期。当然，我写到一半时，大家就开始在说莎士比亚四百周年了，但当时我并不知道这本书会多长，我何时能完成这本书。所以，这本书在2016年出版，完全是一个巧合，我很高兴，但并不是我有意为之。

恺蒂：胎儿的妈妈一直在听BBC广播四台以及其他的各类节目，所以，他非常了解时事，他的许多对世界的观点是否代表了您的看法？

麦克尤恩：从某种程度上，确实是这样。但这个胎儿并不是一个人物，他不在这个世界里，他只是快要加入到这个世界里来，这种似是而非的角度很好。所以，他是黑暗中的声音，像一位存在主义角色，他可以想说什么就说什么。

恺蒂：如果他知道当今的世界是英国脱欧，特朗普当了美国总统，他会怎么想？

麦克尤恩：就是，这世界变化有多快！当我开始写《坚果壳》时，还根本没有特朗普或脱欧这回事。当时最大的话题是叙利亚难民危机。我是2016年二三月间写完这本书的，当时特朗普还只是一个笑话，我也万万没想到脱欧会成为现实。如果我现在写这本书的话，胎儿肯定对世界会有更多的担心，可能他压根就不愿意被生出来，他宁可待在妈妈的肚子里。

恺蒂：说起英国脱离欧盟，公投结果刚刚出来时，我知道您的反应非常强烈。都说悲伤有五个阶段，您现在到哪个阶段了？

麦克尤恩：我还在第一阶段，我还拒绝接受。我的朋友都往前走了，好像都接受现实了，但我还是拒绝承认脱欧真会发生，我还是觉得这不可能是真的。我们不会那么傻、那么无能吧。这个周末我要到伦敦的一场反对脱欧的大会上发表演讲。简直不可相信，从文化、经济等各方面来看，脱欧怎么可能给英国带来好处？当然，这是一个我们可以讨论一天的话题，这里我就不多说了。

恺蒂：您的《赎罪》和《甜牙》中，都用了故事套故事的方法，最后的结局都有一个大反转，能谈谈您的想法吗？

麦克尤恩：对，这两本书的结尾确实有一些相似之处。《甜牙》可以说是继续了《赎罪》没有完成的地方。我希望能在更大的范围内来探索叙述者反转角色的手法。在《赎罪》中，这种叙述比较简单，最后我们发现全书是叙述者写的。《甜牙》中，这种手法要复杂宏大得多，整本书就是一封求婚信，两位主人公必须进行合作才会有此书，这个合作将是他们一生的付出，是他们的婚姻。整本书其实就是一场爱情的行动，而且，他们必须能经受时间的考验。《甜牙》的最后是一封表白的书信。而且，《甜牙》也是关于转换身份。一个人如何通过另一个人的眼光来看事情，这人得像另一个人一样乘地铁去上班，像另一个人一样在洗手池里洗衣服。这也就是爱情的举动。从大范围来说，创作也就是对世界的爱。我希望能够把一个爱情故事和创作联系起来。书中的两位主人公都是间谍，他们都会说谎，他们都不能算是完全的好人，但是他们相配。撒着撒着谎，他们就爱上了对方。

恺蒂：那么您是怎么通过女性的眼光来看世界的呢？您的小说中有许多女叙述者，常常通过女性的视角来讲故事，您是怎么做到的?

麦克尤恩：我的书里也有许多男性叙述者呀。我的小说中有许多不同的叙述者。经常会有人问我这个问题，但我一直不知道该怎么回答。半个世界是女性，我想写整个世界。写男人，写女人，写孩子，都同样需要想象力。我很年轻的时候，曾从一个六十九岁的男人的视角来写故事，这和从女人的视角，从孩子的视角来写，都是一样的想象的过程。

男女当然有区别，但有时，人们把这种区别夸大了。六七十年代时的第二波女权运动，那是革命性的，给我们带来了极大的好处。就像我刚才说的，以前大人很少和孩子交流，男人也很少和女人交流。例如，我有两个儿子，都二十多岁了，他们有很多女性的朋友，不是女朋友，就是朋友。在他们生活的世界中，性别是不重要的。而当我年轻时，男女还是很隔离的。

对，现在“流性人”也是很时髦的话题，我不知你是否看到前一阶段我引起的轩然大波。我说了句“你们可以说我保守，但我认为，大多数有男性生殖器的人应该是男人”，哇，我招惹的麻烦，仿佛我否认了纳粹对犹太人的大屠杀。到现在为止，我还不知道我说错了什么。我说的是“大多数”，我又没有说“所有的”。

恺蒂：说起您儿子，能否说说您给儿子的中学作文帮倒忙的那件事？

麦克尤恩：哦，那件事，我可怜的儿子。他高中考试时，选择了英国文学课程，我以前从来没有帮助过他的学习。但这年英国文学课程的学习文本是《爱无可忍》。我看到他的草稿上写着麦克尤恩这、麦克尤恩那的，他的论文是关于叙述者的妻子的。我就对他说，他有什么问题，可以直接问我。所以，他就问了我一系列问题，我做了回答。没想到这篇文章他得了很差的分。

在一次讲演中我说他这篇文章得了D，那次他正好坐在台下。后来他对我说，其实他是得了个C，他说：“爸爸，D

可能会让你的故事更好听，但事实上我得的是C。”我就对他说：“抱歉，儿子，但从现在开始，你得的就是个D了，幸亏我还没说是E呢。”

我们把这件事当成笑话来说，其实真正的问题出在他老师的身上。那位老师是一位基督徒，又是位女权主义者，她对那个人物有很特别的看法。书中的叙述者是位极端的基督教徒，那位老师就认为他讲的都是最真实的，认为他的妻子是小说道德的中心，也是真相的叙述者。其实，她完全搞错了，完全没有理解这本小说。所以，她给我儿子一个C。我觉得老师的任务并不是同意或不同意学生的看法，而是应该看学生如何叙述并证明他的观点。我儿子平时总能得A或B，那是我唯一一次帮他，也是他得分最差的一次。

恺蒂：我希望您不介意我问您，您的两个儿子有没有子承父业，成为作家？

麦克尤恩：没有。老大是位很严肃的科学家，他太太是位数学家。可能是因为我大儿媳的影响，《甜牙》中的女主角是一位数学家，不过她是一位不太好的数学家。但在《甜牙》电影中，我把她改写成了一位很好的数学家，算是向我儿媳道歉。老二和他太太开了一家小公关公司，帮助公益机构、戏剧机构、文化机构做公关。

恺蒂：您有去中国的打算吗？

麦克尤恩：我听说《最初的爱情，最后的仪式》在中国颇为风行。计划明年去。希望能成行。

出租车的到来结束了我的访谈。我取出一堆书请他签名，每本他都会仔细问我该签送给谁，名字怎么写，又随他到他三面都是高大书架的书房里找到他那本儿童小说《梦想家彼得》，他说送我儿子最合适。还有一本黄昱宁送给我的《在切瑟尔海滩上》的中译本，原本是带去准备留给他的，他说还是签还给我更合适。我告诉他小黄今年来过伦敦书展，他说他一般总是尽量避免书展之类，但今年他的好友、巴西作家路易斯·施瓦克斯取得伦敦书展终身成就奖，他也前去助威，又说可惜没与小黄在书展上见面。签过书后，为他拍照，他立即服从指挥坐在对面光线好的沙发上，用我那摞书垫在手肘下面，摆出正宗书模的架势。

“公务”完成后，他说：“出租车司机可以再等等，误不了你的火车。你一定要看看我的花园。”穿过典型的乡村厨房，出了后门，放眼出去，是一望无际绵延的山谷。明媚的阳光下，花园真是繁花似锦：樱花树、郁金香、玫瑰、修剪整齐的冬青，还有各种我叫不出名字的花和树。我赞叹花园之美，他说：“你得过来看看这个。”顺着花园的台阶而下，就看到不远处一汪湖水，湖边系着一叶扁舟。他很得意地说：“这是我的创造，原来没有湖，所有的朋友都说你肯定挖不成湖，我证明了他们全是错的。”

他说五年前搬到乡下长住，三年前挖了这个湖，原来他家在伦敦城中心有栋大房子，乡下有座小房子，后来就交换了一下，在乡下有了这栋大房子，伦敦留了个小公寓。现在虽然还经常去伦敦，但这里更像是家，“因为书也都在这里”。

确实。藏书在哪儿，家就在哪儿。

恺　蒂

（原载于澎湃新闻上海书评，原标题：“麦克尤恩谈《儿童法案》：宗教禁止好奇心，我给了亚当好奇心”、“麦克尤恩谈《坚果壳》：我希望子宫里面的那位是莎士比亚”）

图书在版编目（CIP）数据

我的紫色芳香小说 /（英）伊恩·麦克尤恩
（Ian McEwan）著；黄昱宁译．—上海：上海译文出版
社，2018.10
书名原文：My Purple Scented Novel
ISBN 978-7-5327-7973-4

Ⅰ.①我… Ⅱ.①伊… ②黄… Ⅲ.①短篇小说－英
国－现代 Ⅳ.①I561.45

中国版本图书馆 CIP 数据核字（2018）第 201348 号

图字：09－2018－883 号

我的紫色芳香小说（中英双语）
[英] 伊恩·麦克尤恩 著　黄昱宁 译
责任编辑 / 宋玲　装帧设计 / 张志全工作室

上海译文出版社有限公司出版、发行
网址：www.yiwen.com.cn
200001　上海福建中路 193 号　www.ewen.co
浙江新华数码印务有限公司印刷

开本 787×1092　1/32　印张 3.25　插页 5　字数 34,000
2018 年 10 月第 1 版　2018 年 10 月第 1 次印刷
印数：0,001–8,000 册

ISBN 978－7－5327－7973－4 / I·4905
定价：39.00 元